KB044564

아무것도 안 하고 싶지만

아무것도 안 하고 싶지만

글·그림 장윤이

바다출판사

안녕하세요.
저는 AJASSI 라고 합니다.
만나서 반가워요.

ㅇㅈㅆ

차례

매일 같은

앉는다.
매일 같은
소파에

눕는다.
매일 같은
자리에

생각한다.

매일 같은

목소리로

아무것도

하기 싫다.

내 이름은

명심하자

커피는 셀프

편하게 불러 주세요.

현실은 애매한 포지션의 만년 부장입니다.

(그렇다고 너무 측은하게 생각지는 말고요.)

휴...

(아까 내가 너무 심했나..?)
나도 그만하고 싶다.

(퇴근만이 살 길이다...)

그렇게 일과를 마치고
일단 집에 오면

아~무 생각없이
오늘도 무사히
살아가고 있는

부장님
아빠
아자씨
아재
:

라고 불리는 존재

유행가

"젊은 날엔 젊음을 모르고"

20대 시절 아자씨

"사랑할 땐 사랑이 보이지 않았네."

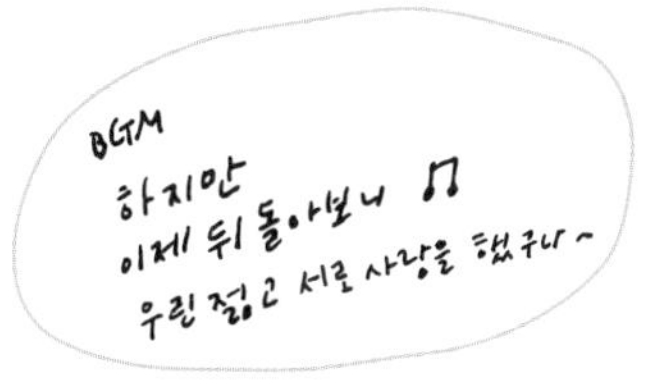

이상은 〈언젠가는〉 中

하아...

이 노래 왜 이렇게

와닿지...

듣는 노래마다

오버랩되는 추억들 때문에

괜히 서글퍼진다.

요즘 애들은 이 노래 모르겠지?

단짠단짠

현실이 너무 짠내가 나서
달달한 것이 자꾸 생각나.

(우)표정관리

자꾸만 늘어가는 것이 있다.

얘기할 때 2개가 되고

웃을 때는 3개가 되는 턱살

하하하...

그것이 꽤나 신경 쓰인다.

웃지 말자.

주름 생겨.

아주 가끔만

가끔 열심히 살고 싶을 때가 있습니다.

남들이 아무것도 하기 싫다고 할 때
그 틈새를 노린다고 할까요?

아무튼 그런 날은
일년에 다섯 번 정도?

결정장애 가족

아자씨의 외동딸
오마리 (21세) 휴학생

덕후가 되고 싶으나
눈팅만 한다.

아빠를 닮은 소심함
엄마를 닮은 예민함

오늘도 SNS로 세상 엿보기

앗!
이거 특가 떴네?
살까? 말까?
고민 되네..

아까
살걸
그랬나.
그냥
살까
말까
모르
겠어

하나 산다더니
아직도 안 샀어?

아자씨의
동갑내기 부인
안예민 씨

- 철지난 붉은악마 티셔츠를 즐겨 입는다.
- 건강염려증이 염려됨
- 내일 다이어트

부부동반 모임 3시간 전

?
아직도 저러고 있네?
이 스카프 나이들어 보일까?
아니야 코트에 안어울려
아니야 목이 서늘하겠어

립스틱 색이 좀 과한가?

이제 가자~
!
음...

아. 왜 또?!
여보, 잠깐만!
나 치마 좀
다른 거 입고 갈게.
휙
그렇다면
아자씨는
결정을 잘하나?
아하. 오늘은
매운 게 땡기는데..
뭐. 억지.
아 고민돼..
냉면
칼국수
몸국
대구탕
곰탕
순댓국

늙으나 젊으나 같은 고민

노년에는 뭐 먹고 살지..?

설마...

진짜 먹는 고민?

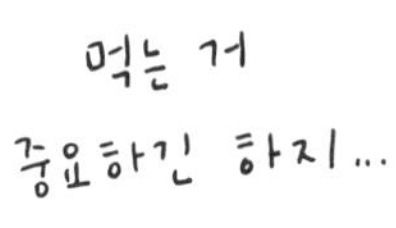

그래..

인생 최대 고민이

아닌가 싶어.

그냥

잘 먹고 잘 살고 싶다.

색안경

내가 왜 저런 걸
끼고 있었나 몰라!

트렌드

유행이라는 것은
언제 또다시 찾아올지 몰라.

그러니까
너무 휩쓸리지도
무시하지도 말자.

개저씨가 뭔가요?

뭐 이런 조합인가?

설마 이건 아니겠지..

모르면 물어보자.

딸~
개저씨가 모야?

엥?!

누가 아빠더러
개저씨래?ㅎ

아니 그런 건 아니구.
그냥 궁금해서.. 혹시
나도 그런가 해서..

아 ㅋㅋ 아빠
진상 안 피우고
꼰대같이 굴지 말고
다 아는 척하지 말고
캐묻지 말고
대접 받으려고
하지 않으면 돼~

아…!

처음 그 단어를 들었을 때는
기분이 조금 나빴는데
듣고 보니 조심해야겠네.

개저씨가 될 것인가
'이웃집 아자씨'가 될 것인가?

티 내지 마

어맛
꺄르르
꺄르르
생기
비타민
같은

...
나 오늘
되게
초라해
보인다.

젊음이
부럽다.
그치만
티는 내지
말아야지.

옙~
생기
활력
긍정
긍정

겉과 속

여럿이 있을 때는

농담을 즐기는 분위기 메이커

(그렇다고 여기저기 연락해서 만나는 스타일은 아님)

혼자 있을 때

나란 존재 무엇...?

어느 것이 진짜 나일까?
밖에서의 나와 집에서의
나는 너무 다른데.

두 개의 자아가
언제나 팽팽하게
줄다리기를 하고 있는 듯하다.

그냥

둘 다 나잖아.

그러니까 누군가에게
언제나 한결같은 모습은
바라지도 기대하지도 말자.

제 소원은요

4차 회식 중..

많이 늦었네?
BE THE REDS

뭔데?
여보-
내 소원이
뭔 줄 알아?
고마워.

내 어깨도
마찬가지야!
평생~
어깨 안 뭉치고 사는 거!

COPY OF ME

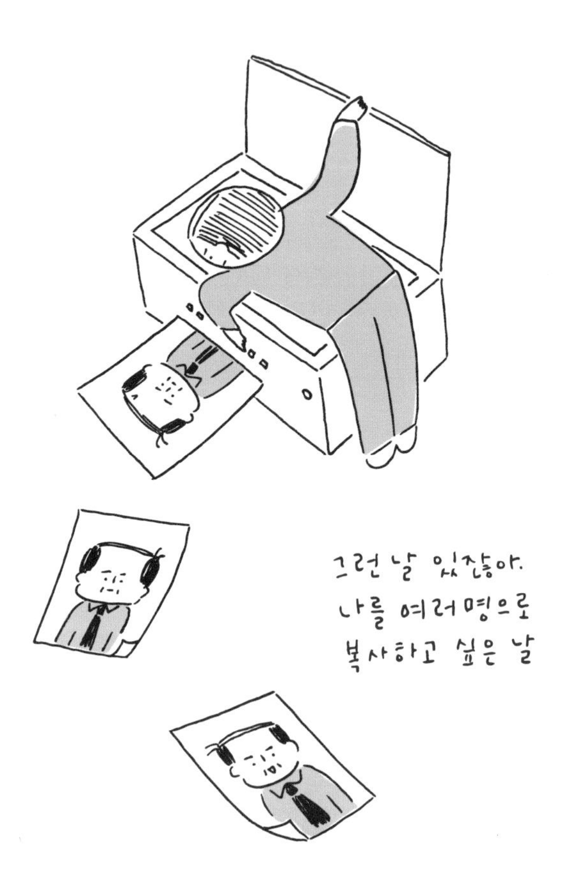

커피란 무엇인가 1

수영 못해서 허우적 대다가
입으로 코로 들이키는 바닷물처럼

일 못해서 허둥대다가
영혼 없이 들이키는 쓴디쓴 물

오늘의 할 일

빠짐없이 체크했나요?

뭐 할지도 안 적었는데요?

신세계

아.예
부장님
꾸벅
셔츠와
바지 분리중

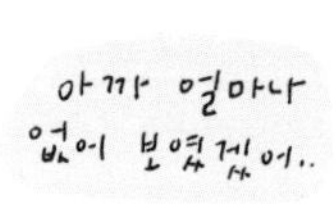
아까 얼마나
없어 보였겠어..

아놔..
셔츠 안 빠지게
하는 거 없나..??
주섬
주섬

다 방법이
있습죠!

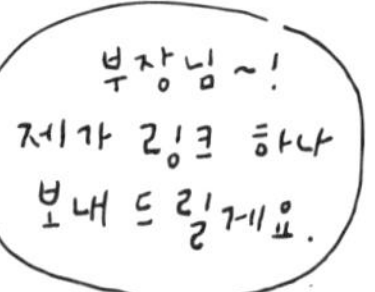
부장님~!
제가 링크 하나
보내 드릴게요.

솔깃

오!
그래?

아니. 이런

가... 가터벨트가 뭐지??

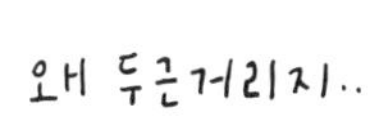

방에서 혼자 입어보는데...

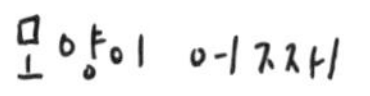

내일 회사에 입고 갈 수 있을까..

〈 다음 날 〉

말끔한 허리라인~

오 신기하다.
감쪽같다.

눕기의 달인

쉬는 날엔 누구보다 잘 쉬었다고
자부하는 아자씨.

어서 와

빗방울 떨어지는
여름 밤
~♬
꺼억~
아우
잘 먹었당
끅~
술에 약해
가장 먼저 취한다.

아우씨
웅엉덩이가
이쑹 싱싱시잇으
첨벙
낑낑..

무슨
소리지?

내가 만약 그냥 지나치면
동네 쓰레기봉투나 뒤지면서
살아가겠지?

멍이야, 어서 와

〈 다음 날 〉

그동안 데려온 것들
새. 토끼. 병아리. 멍이

그중에 가장 오래
남은것은 멍이
이렇게 가족이 되었다.

너란 존재

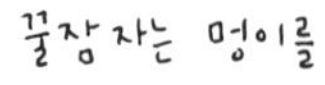

물끄러미 바라보다
괴롭히고 싶어져서

꼬리를 흔드네..?

살랑
살랑

괜히 미안해지네

고마워.
너야말로 조건 없는 사랑을 주는구나.

아..
깨워놓고 뭐 하는 거지.

내 개 레게

〈TV 동물농장〉 시청 中

며칠 전 뉴스에서
개들이 가장 좋아하는 음악은
레게(Reggae)라는
연구결과가 보도됐다.

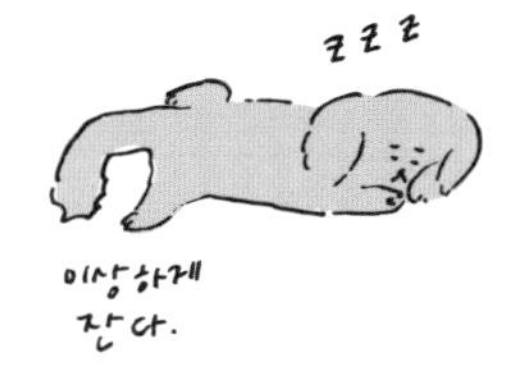

이상하게
잔다.

무기력한
녀석을
깨우자.

갑자기
레게 음반 찾는 중

두두둥
지지직~
두두둥

귀가 쫑긋.
?음?
흔들
흔들
이것이 바로
내 개를 위한 레게
Get up~
Stand up ~
오!!
먹는 거만큼
즐겁다~
레게
파티~
PEACE

흠..
이랬으면
좋겠지만.

zzz
현실은,

취향공동체

대박ㅋㅋㅋㅋ
아이고 배야 ㅋㅋㅋ
와썹맨~
오마이 갓김치!

같은 취미 다른 느낌

그렇구만
음..
세상에 이럴 수가..
전 세계를 놀라게 한 외계인 미스터리.

정체성

가슴과 배가 동시에 나왔어.

형제인가 자매인가

우리 매우 닮아간다.

고민의 주인공
나와주세요
갑니다요~
고민의 미끄럼틀
고민이
뭔가요?
아. 그게
'중년'이라
고민입니다.
아.. 그건
공감하는 눈치

우리수

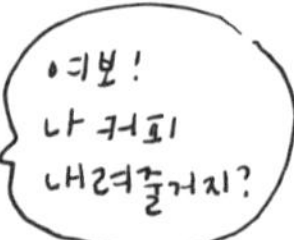

가끔 생각나면
식물에 물을 준다.

아빠!
이따가
장보러 갈거야?
고~럼!

고~럼!
ㅋㅋ
올때
메로나~

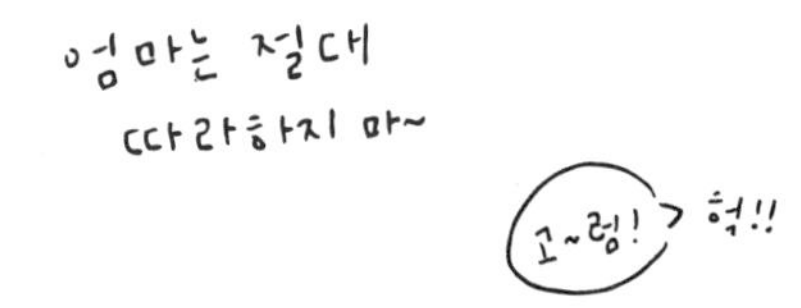

*아재개그란?
상대방이 웃을 때까지
하는 것. 전염성도 있다.

아빠 뭐 먹어?

음소거

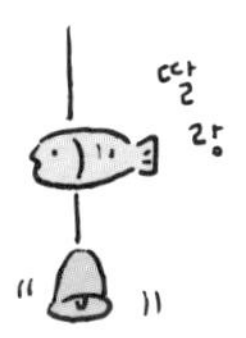

적막이 흐르는
여기는 어디?

그렇다.

요즘은 음악을 들으면
일에 집중할 수가 없다.
가끔 서글픈 일

<과거의 나>

이심전심

앗!
이 냄새는!!
♪~
왔어?!
나도 오늘 일찍 왔지롱~
지글 지글

오늘도 수고했어~
당신도~

가면

그렇지 뭐.
얼굴 10개쯤
품고 다녀야
편하다니깐~

사무실 패피

오늘은 아주 기분이 좋은 것이다.

오랜만에 마음에 드는
슬리퍼를 장만했기 때문이다.

자칫 평범해 보이지만

적당한 쿠션감으로
안정적이다.

나름 비교하고
따져보고 산 거다.

모던한 디자인으로
세련됨을 놓치지 않았다.

찡긋 -

그러나 아무도
알아주는 사람은 없다.

커피란 무엇인가 2

오후 12시 반
광화문 사거리

먹이를 짊어진
일개미 군단의
커피행렬

한잔만

회식中
오부장~ 수고했어. 한잔 받어~
아, 예!~ 실례지만 제가 술을 잘 못 마셔서요..
그래?

근데.. 술을 못 마시는 게 왜 실례지..? 뭔가 억울해.
뭐든지 적당히..

이 맛에 산다

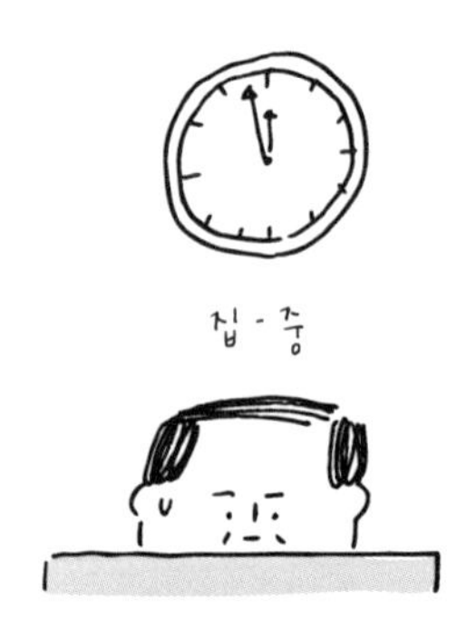

부장님
점심
안 드세요?

두 번은 안 묻는군..
어이어이..
먼저들 들어요.
난 좀 바빠서...
넵

모 먹지?
평양냉면?
골~
꺄르르
하핫

어이쿠, 벌써 시간이 이렇게 됐네?

하악
후다닥

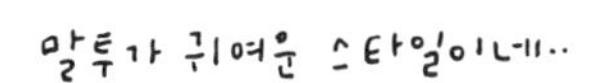
말투가 귀여운 스타일이네..

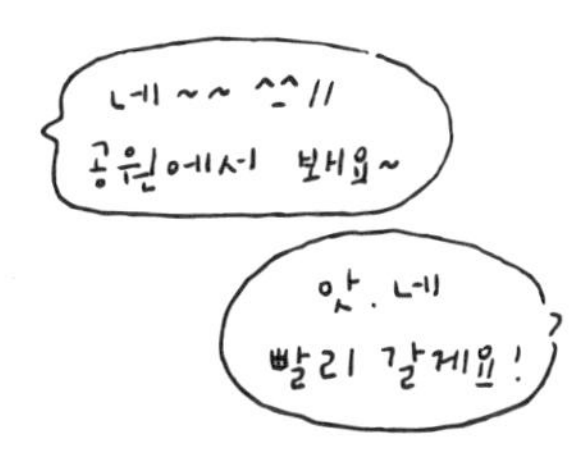
네~~ ^^//
공원에서 봬요~
앗. 네
빨리 갈게요!

여기서 우회전
그리고 직진해서..
꾸역꾸역
다다다

어두컴컴한 골목
두리번
여기가 맞나..?

어디선가 느껴지는 음침한 기운

* SONY 사의 기계식 워크맨으로 오토리버스 기능과 레코딩 기능이 탑재된 최초의 모델이다.

와우
이걸 실물로
보다니..
뭐. 흔한
기종은 아니죠.
상태 꼼꼼히 보세요.

좋은
거래
감사!

뿌듯
오늘도
줌고로운
평화나라
이 맛에 산다 ♥

나는 자연인이다?

중년들 사이에 인기 프로그램
〈나는 자연인이다〉 시청 中

* 〈나는 자연인이다〉 말벌 아저씨 편:
인터뷰하는 도중 벌이 나타나면
갑자기 벌을 잡으러 가는 기이한
행동으로 폭소를 자아냈다.

크크큭
허허허 저 냥반 웃기는 짬뽕이네. ㅋ
당근이지.

저렇게 사는 게 누워서 보면 쉬워 보이지?

〈다음 날〉
그리하여 자연 속으로-
아빠. 내비대로 가요. 좀!!
나오니 좋구먼~ ♪
지름길로 가자~~

쏴
아
졸
졸
졸

아~
너무 좋다.
몰라
아빠 어디
가셨어?

어느 한적한 바위
피톤치드 스멜~
자연인이 별거인가?

피톤치드 효능:
스트레스 완화
면역 기능 향상
중추신경 안정
살균, 탈취…
어쩐지…

자주 와야겠어..
?
까똑
1개의 메시지.
테크닉스 턴테이블 팔렸나요?
아직이요.
톡 톡
서울에서 직거래 가능합니다.

여보~ 마리야
이제 집에 가자~
벌떡
읏차

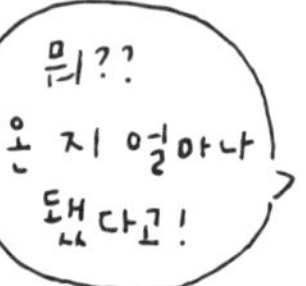
뭐??
온 지 얼마나
됐다고!

후다닥
집으로
고고..!!
헐;
여보, 벌써 가??
어디서
본
장면같아...

균형 잡힌 생활

너의 관점

외식은 무슨
외식이야?
난 집밥!
나가면
다 돈이야~

어휴..
아주 물을
물 쓰듯이
하는구만.

헬스장은 무슨~
공원에서
운동하면 공짜인걸

잔소리 집어 치워!
자기 중고 거래도
내가 눈감아줬는데.
그렇게 아끼는 것도
좋은데~
그만큼 더 벌 생각은
왜 안 해??
쪽사표
랩퍼 st.

올ㅎ소!

반
박
불
가

버스 안에서

퇴근길 광역버스
쓰-윽
(빈자리 스캔 中)
T-Money
띠리릭
환승입니다.

휴~
마침 자리가
있어서 다행.
한숨 자자~

버스를 가득 메운
뒷자리 남자의
통화 소리에
슬슬 울화가
치밀어 오르고...
뭐 인마? ㅋㅋㅋ
그래 내일이라고
그렇게 하자고.
영상통화 뭐야..
그 소개팅 한 건
어떻게 됐냐.
ㅋㅋㅋㅋ
푸하하핳
노답
이네.
집에 가는 길~
이번 주말에
모하냐?
뭐지?
왜 이러셔
한턱 쏴ㅋ
거져ㅋ ㅋㅋ
그래그래
뭐 뭐
악ㅋㅋㅋ
웃기시네
짜증
뭐
야

여기가
너네 집
안방이냐!
매너는
쌈 싸먹었냐!
야인마! 당장 끊어!
헛. 죄송
ㅋㅋㅋ
올~
아자씨 사이다.
멋짐 폭발!
이랬으면
좋겠지만..
휴..
정말 피곤한
세상이야.
음악이나 듣자.

자리 비움

당연한 일이지만
잘하셨어요.
아자씨.

방어형 인간

아자씨는 뭐든지
시큰둥 해요.

엄청 잘 먹고 있으면서

되게 열심히 하고 있으면서.

실은 굉장히 노력하고 있으면서
사람들의 기대에 미치지 못할까봐.

너무 기대하면
실망도 큰 법이니까.

절대로 상처받지
않으려는 나약한 속셈

막상 인정받으면
엄청 좋아할거면서.

해몽

끈질기게 무더웠던
한여름밤의 꿈

꿈이 그렇게 중요한가?
지금 행복하면 되는 거 아녀?

내 꿈은 어디에?

언제가는 찾겠지.

오늘의 여행

어느 날 문득 든 생각

여행책을 사러
서점에 왔다.
요즘엔 인터넷에
정보가 많긴 하지만
한눈에 안 들어와.
음.. 보자~
여행

...
아.
빌 브라이슨
좋지!
유럽도 가고
안 가본 데 없구만.

흠.
까칠한 게
꼭 나같네.
이걸로 정했어.
ㅋㅋㅋ

찔찔

아. 하하핳
역시
스위스 사람들이란..
ㅋㅋㅋ

독서에 빠지다가
곧 잠에 빠짐

그래도 서점으로
마실은 다녀왔다.
오늘의 여행 끝

지리산 반달곰과 술래잡기

지리산
노고단 입구

산에 오면 오히려 생각이 많아진다니까..

그나저나 산 정상은 예술이다!

어딘가 갑자기
등골이 오싹해져서
서둘러 내려간다.

無

산에 가면
산이 되고

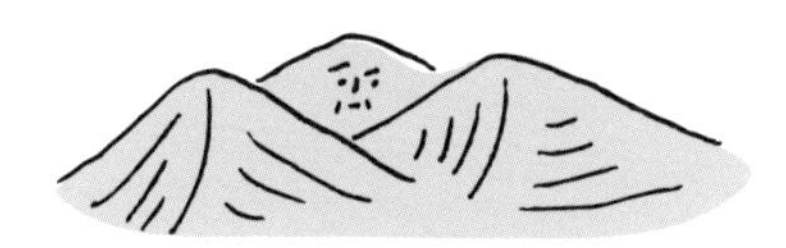

강에 가면
강이 된다.

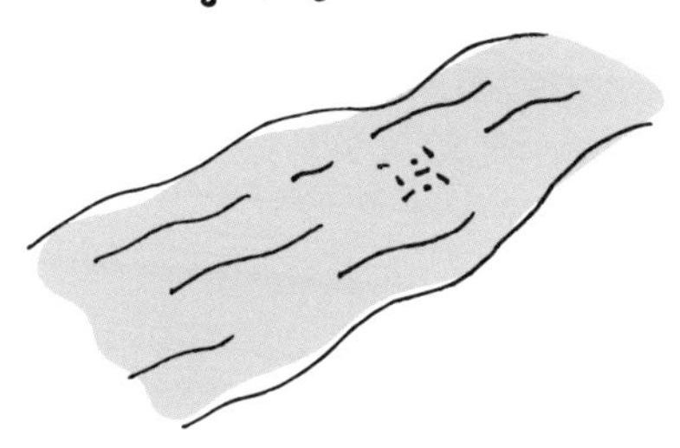

그 속에서
나는 아무것도 아니다.

걸어서 증턱까지

모처럼 산악회 친구들과
북한산에 오르는 중..

그렇다.
중턱까지 오르고
바로 내려오는
'중턱' 산악회였던 것이다.

정상까지 찍으란 법이 어디 있어? ㅋ
등산 끝.

풍경화

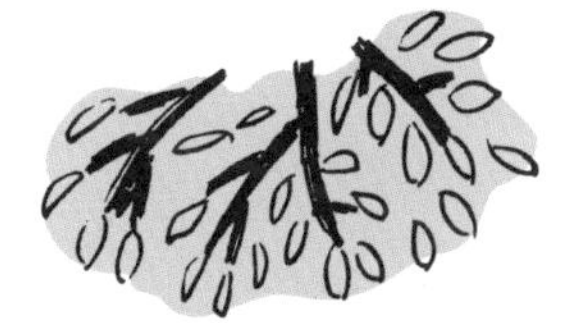

사계절 머리숲

계절

슈퍼에 다녀오다가
하늘을 올려다본다.

계절의 변화를 점점
깊이 느끼고 있기 때문에
허투루 보낼 수 없어서.

극장전

중택산악인들과 통화中

NOW PLAYING
띠링
응?

와이프가 오늘
몸이 안 좋대..
고향에서
어머님이
갑자기 오신대.
응. 그래

저기.
이거 2장은
환불해 주세요.

결국 혼자

15분 후

30분 후

생긴 대로 살래

〈OO고등학교 동창회〉

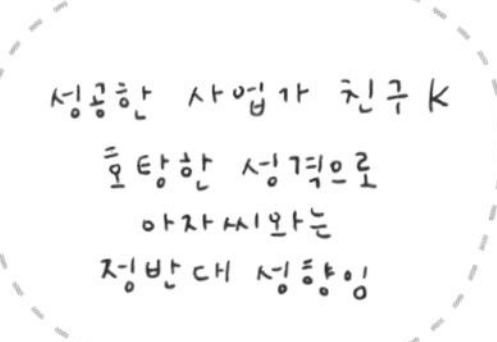

최근에
〈세상 젊게 사는 법〉
이라는 자서전을
출간했다고 한다.

반갑다 야~
잘 지냈어?

나참..
덕일아. ㅋㅋ
멀리서 보고
웬 어르신인가 했다.
다섯 살은 더 들어 보인다.
요샌 외모도 경쟁력이야.
좀 꾸미고 다녀라. ㅋ

아.
기분
나빠
뭐 그렇다고
민증 나이가
바뀌냐?
나참..
그렇게 웃지 좀 마.

하하.
말귀를
못 알아듣는
친구네..
그렇긴 하지만
젊어 보여서
손해볼 건
없지 않나?

생긴대로

살거야.

나는.

내 얼굴이 어때서.

내 나이가 어때서.

미세노안

미세먼지 때문에
다섯살은 늙어보인다.

화대

미세한 주름 + 마스크 주름 = 노안

햄찌

'햄찌'라고 불리는
햄스터가 잠시 놀러왔다.

4일째 되던 날.

햄찌도 쳇바퀴 인생을
나름 즐기고 있었구나.
나처럼..

냉탕과 온탕 사이

아시 정말!
따라오지마! 쫌!
혼자 좀 다니자.
내가 뭘 또 잘못했나..?
안절
부절

요즘 왜 저렇게 까칠하지.
이거 어디에 둘까?
알아서 좀 해 맨날 물어봐!
아우 더워!

그랬구나..

아. 그게
갱년기 증상이었구나.
이제야 알다니..
내가 너무 무심했구나.

그렇다면
남자의 갱년기는?

"배우자의 껌딱지가 되려고 하며
몹시 귀찮은 존재가 된다."

헉...

마라톤

인생은 마라톤이라며?

그런데 생각보다 장애물이 꽤 많구먼.

좋든 싫든
같이 가야겠지?

고비고비

나의 앞날은 계속 무언가를
넘어서는 일의 연속이고

한 고비 넘으면 또 한 고비

그러나 긴장을 늦추지 말게나

아직 가야할 길이 남았어.

백세인생이라오~

건강토크 콘서트

(일요일 점심 모임)

나는 요즘
맥주 효모를
먹고 있는데
그게 부작용이
뭔 줄 알아?ㅋ
근데 가루라서
먹기 좀 힘들더라

이집 음식
괜찮네.

어. 그거 알지.
탈모에도 좋다며.
탈모에는 검은콩이랑
검은깨도 좋다는데.
어제는 두유에다
갈아서 먹으니까
맛도 괜찮아.
거기다가
효모가루 넣어서
먹어봐봐~

난 고지혈증 때문에
콜레스테롤 줄이려고
양파즙 열심히 먹고 있어
그게 소화에도 좋고
면역력에 좋더라고.
양파는 버릴 게 없어.
껍질째 푹 고아서
만드니까 달달해.

만났다 하면
건강식 얘기만 두 시간째.
시간 가는 줄 모르겠네.

잠시 멈춤

무더운 공기가 썰물처럼 조용히 사라지고
달콤하고 시원한 바람이 불기 시작했다.

목 놓아 울던 매미의 울음이 뚝 그친 고요한 밤길에
귀뚜라미 울음소리에 맞춰 발걸음을 내딛다 보니

어느덧 가을이구나.

자기합리화 갑

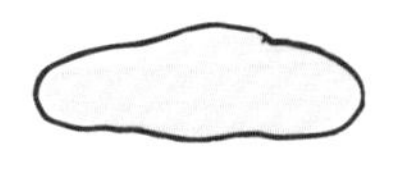

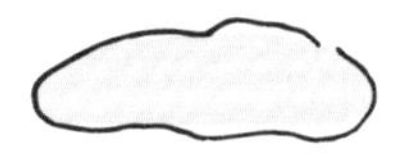

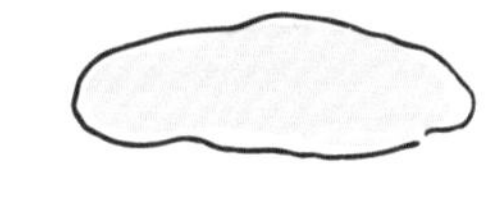

흔히들 소소하게 하루를
즐기며 최선을 다하라고
충고하잖나?

그런데
왜 그런 날 있잖나
아무것도 하기 싫은 날
눕고만 싶은 날
유유히 흘러가는 시간을
물끄러미 바라보고 싶은 날

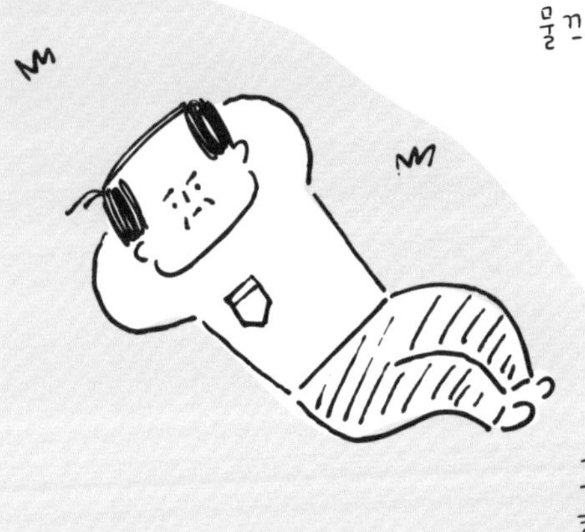

그럼 나는
하루가 충실하지 못해서
잘 못 사는 것일까?
그냥 시간 좀
허비하면 안 될까?

항상 무언가를
하고 있어야 되나?
눈앞에 작은 일에만
정신없이 몰두하고 나면
내가 뭘 하고 있는 건지
도무지 모를 때가 있어.

때로는 아주 멀리서
나를 바라보고 싶어.
재 지금 뭘 하지?
어디로 가나?

그런 것들은 주로
아무것도 하지 않을 때
생각나더라고.

현실과 이상

보이시죠?

이처럼
현실과 이상은
때로 어긋나기도 한답니다.

받아들이세요.

노력 없이는 안돼

나이가 들면
자연스레

넓은 아량과 관대함으로
멋진 어른이
될 거라 생각했다.

가만히 있어도 저절로.

그래, 쿨하게 늙는 거야. 쿨~

그러나,

작은 거 하나에도 서운해하고

취향은 더 까탈스러워지며

쓸데없는 고집으로
주변 사람들을 힘들게 한다.

누가 봐도
매력적이지 못한
사람이
되어가고 있어.

노력 없이는 안돼!

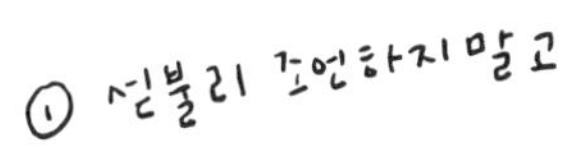

일단 잘 듣자.

그게 소통의 시작이다.

②

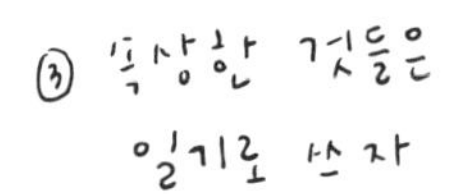

④ 그리고 대충 살자.

애쓰지 말자

필수지참

지은이의 말

AJASSI(아자씨)는 아주 작은 낙서에서 시작되었습니다.

뭘 해도 재미가 없던 무기력한 시기에 무의식적으로 노트에 끄적이던 그림은 이상하게도 죄다 머리가 벗겨진 아저씨의 얼굴들이었습니다. 노트 가장자리마다 빼곡하게 그려놓고 피식 웃으며 '삼십 대 중반을 넘어가면서 캐릭터디자이너로서 나는 어떤 위치에 있을까?' 마치 '왜 사는 걸까?'와 같은 고민을 하면서 자문자답하고 있었죠. 그런데 하루를 버티기 위해 애쓰는, 모순으로 가득 찬 중년의 얼굴이 어쩌면 내 모습이 아닐까 하며 잠시 스스로를 돌아보게 되었습니다.(이 또한 중년에 대한 편견이었다는 것도 중년에 접어들고 보니 알게 되었습니다만.)

이런 고민들 끝에 뚜렷한 답을 얻은 것은 아닙니다. 다만 나이 듦을 과감하게 드러내고 우스꽝스러울지라도 어딘지 정감이 가는 그런 사람으로 살아가고픈 저의 작은 바람을 담아보고 싶었습니다.

2015년에 태어난 AJASSI는 그동안 조금 이름을 알리기 시작했고 몇몇 마니아 분들도 생겼습니다. 많은 분들이 실제 모델이 누구며, 왜 굳이 아저씨를 캐릭터화했는지 궁금해하셨습니다.

앞서 얘기했듯이 제 의식의 흐름대로 그려나간 낙서들이 오늘날

AJASSI 캐릭터가 되었기 때문에 진지한 답변을 드리기가 조금 어렵습니다. 소설가들이 극중 인물을 빌려 자신의 얘기를 하는 것처럼 AJASSI의 모습으로 중년을 코앞에 둔 저의 심리 상태를 솔직하게 얘기하고 싶었다는 점은 크게 다르지 않은 듯합니다.

무엇보다 '나는 무엇으로 재미를 추구하는가'에 대한 고민만큼은 포기하고 싶지 않아서 여기까지 오게 된 거 같습니다. 모쪼록 AJASSI의 인간적인 귀여움을 봐주셨기를 바랍니다.

2020년 새해를 맞으며

AJASSI를 그린 장윤미

아무것도 안 하고 싶지만

초판 1쇄 2020년 1월 17일

지은이 장윤미
책임편집 나희영
디자인 김슬기

펴낸곳 (주)바다출판사
발행인 김인호
주소 서울시 마포구 어울마당로5길 17 5층(서교동)
전화 322-3885(편집), 322-3575(마케팅)
팩스 322-3858
E-mail badabooks@daum.net
홈페이지 www.badabooks.co.kr

ISBN 979-11-89932-45-9 03810